رواية

أُلحان

جارية القصر

د. جُمان الريحاني

إهداء..

إهداء إلى القصور التي تم بناؤها عبر العصور

إهداء إلى روح الفن والموسيقى التي كانت تصدح

في القصور

إهداء إلى روح الجواري التي تسعى إلى الحكم بالجمال

والموهبة

جمان الريحاني

جارية القصر

ذاع صيت ألحان جارية القصر صاحبة الصوت الشجي، والجمال المغرد في كل قصور الملوك والأمراء، وقد كانت الجارية ألحان تابعة للأمير دهان ريس الديوان، والمسئول عن الصناديق والاقتصاد.

كانت ألحان تغني في كل محفل واحتفال وحفلات خاصة خصوصا، ولكن المميز فيها أنها كانت دوما تضع على وجهها ستارا شفافا، ولكنه لا يدع تفاصيل وجهها بالشكل الواضح تماما.

لقد كان السبب وراء وضعها للستار أنهم يقولون بأنه كان على وجهها شامة لم تكن تضفي عليها لمسة جمالية، بل كانت توحي ببعض البشاعة التي تراها هي أنها تجعلها تلك الشامة تعانيها.

كان البعض ممن يترددون على مجالس الأنس يتمنون رؤية وجه الجارية الشادية بأجمل الألحان، ولكنهم كانوا يخافون من التقدم بتلك الخطوة لكي لا تتم صدمتهم بالعب الذي في وجهها.

كما أنه لم يسبق وأن رأي أي أحد وجهها بالكامل وهذا احتراما لرغبتها واحتراما للأمير دهان الذي كان يدللها ولا يرفض لها طلبا.

لقد كانت مغردة قصر الأمير دهان الذي لم يكن يشبع من صوتها ويتمنى أن يسمع شدوها المستمر ليلا نهارا.

لقد كان يعشق صوتها ولكنه هو الآخر لم تكن لديه الشجاعة يوما لرؤية وجهها احتراما لها ولرغبتها

ولسبب آخر وهو أنه لم يكن يريد أن يخسرها في حالة
ما إذا رآها واستنفر منها.

كانت الجارية ألحان والتي كانت في الأصل ابنه مغنية الملك قبل وفاتها فتمت تربية ابنتها على نفس موهبة والدتها

وبعد أن شبت واشتد عودها جاءت إلى قصر الأمير دهان كهدية سعد بها كثيرا.

للجارية الحان كثير المواهب فهي تجيد العزف على القانون وعلى آلات أخرى ويقولون بأنها تجيد النفخ على الناي وبعض الآلات النفخية أيضا، ولكن لم يسبق لها أن نفخت على الناي لأنها تتجنب الكشف عن وجهها.

وقد كانت تجيد الرقص ولكنها ليست راقصة وهي لا ترقص علنا بالعادة.

كما أنها تبرع بكتابة الأغاني أيضا، ويمكنها أن تحفظ بسرعة شديدة.

الأمير دهان

على مر السنوات والأمير دهان كان يتباهى بصوت جاريته ألحان، إلى أن وفدت إلى القصر جارية أخرى وقد كانت هدية من أمير بلاد أجنبية.

كانت الجارية الجديدة تجيد العزف على ثلاث آلات موسيقية، وتغني بصوتها الجميل، بلسانها المعكوس كما كان يقول لها البعض.

بدأت شمعة الجارية ألحان يصبح ضوئها هافتا،
وتراجعت أسهمها عند جمهور القصر وعند الأمراء.

شعرت الجارية ألحان بالغيرة من الوافدة الجديدة لأنها
اشتركت معها في حرفتها ونافستها في موهبتها ولكنها
تفوقت عليها من حيث الجمال فقد كانت أطول قامة،
وأوضح ملامح.

كانت تقارن بين جمالها وجمال الجارية بيضاء البشرة
في حين أن لها بشرة سمراء، ورغم أنها تمتلك عيونا
كبيرة سوداء وشعرا ناعما ولكنها كانت تعتمد الستار
على وجهها دائما بينما تمتلك الجارية الوافدة الجديدة
وجها مشرقا منيرا، وشعرا أشقرا، وعيونا زرقاء.

بدأت الجارية الجديدة بعد عدة أيام تتعلم لغة أهل
القصر بأمر من الأمير دهان الذي أعجب بها لدرجة
كبيرة وأرادها أن تطربه بلغة مفهومة وبكلام من توقيع
شعراء القصر المخضرمين.

كانت الجارية الجديدة تقوم بالتعلم للغة ليلا نهارا في نفس الوقت انكبت الجارية الحان على الحزن والأسى، حتى أنها اعتذرت عن عدة جلسات للأنس.

ولكن خادمتها نصحتها بتدارك الأمور وإلا خرجت عن السيطرة وفقدت كل ما كان لها في القصر وفي نفوس معجبيها وبتعلم الجارية الجديدة للغة سوف تسحب البساط من تحتها.

الوافد الجديد

فكرت الجارية الحان في أفكار كثيرة لكي تكسب ود الأمير دهان من جديد، وقد أصبح مسلوبا بالوافد الجديد، الوافد الذي خطف من الأضواء وسحب من تحتها البساط.

وقد كانت لديها الكثير من المخاوف فيما يخص الجارية الجديدة التي ربما يكون لديها مخطط للإيقاع بالأمير دهان وقد تترقى إلى مرتبة أعلى منها.

فربما تصبح الجارية المفضلة أو الجارية الخاصة للأمير دهان وتصبح هي على الرف أو في ركن الاحتياط.

لقد أصبح هم الجارية الحان وشغلها الشاغل التفكير في الجارية الجديدة وما قد تستفيده في القصر وما قد تسلبها إياه.

حاولت الجارية الحان أن تستعيد اهتمام الأمير دهان بها ولكن كان هذا الأمر غاية في الصعوبة لأنه لا يعتبرها من الجواري المحببات على العكس تماما من الجارية لونان التي وصلت إلى غرفة نومه منذ أول يوم وصلت فيه إلى القصر.

علمت بأن الجارية الجدية قد كسبت قلب الأمير الذي كان يستدعيها أكثر من مرة أسبوعيا إلى جناحه.

فكرت في طرق كثيرة ولكن تحويل قلب الأمير إليها لم يكن بتلك البساطة لذا قررت أن تتجه إلى خطة بديلة

كانت الخطة الموازية لكسب ود الأمير هي القضاء على الجارية لونان الأجنبية المنافسة لها قبل أن تتمكن من حجز مكانها قرب الأمير دهان وتصبح لها كلمة في القصر.

انصب كل تفكير الجارية ألحان على فكرة واحدة وهي القضاء على الجارية لونان لكي تسترجع مكانتها في القصر.

طلبت الجارية ألحان من خادمتها الوفية شمردل طويلة الآذان وطويلة الأنف التي تسمع وشم كل شيء يدور في القصر من البوابة حتى العقر.

طلبت منها أن تحضر لها الأخبار عن الجارية لونان وأيضا عن الأمير، وكلما يدور في القصر عن السهرات وعن الأغاني والفرقة الموسيقية

الجارية ألحان:

اسمعي يا خادمتي العزيزة

الخادمة شمردل:

سمعا وطاعة يا مولاتي... شمردل بخدمتك

الجارية ألحان:

أيتها الخادمة الأمينة عندي لك عمل مهم وخطير

الخادمة شمردل:

ما هو يا مولاتي؟

الجارية ألحان:

ولكنه في غاية السرية

الخادمة شمردل:

أنا يا مولاتي اسمع كل شيء وحين تأمرينني بالكتمان

أصبح صماء بكماء.

الجارية ألحان:

لا.. لا أريدك صماء...

بل فقط بكماء

أريدك أن تركزي على حاسة السمع لديك

الخادمة شمردل:

مولاتي أنت تعلمين بأنه لدي أذان طويلة

الجارية ألحان:

أريدها أن تصبح أطول بكثير

الخادمة شمردل:

إلى أين تريدينها أن تصل يا مولاتي؟

الجارية ألحان:

أريدها خلف الأبواب وان تخترق الجدران

الخادمة شمردل:

مولاتي ركزي على جدار وباب وسوف آتيك بكل الأخبار

الجارية ألحان:

أريد كل الأخبار ما هو مسموع وأيضا ما لا يسمع
فقهناك أفعال لا تحتاج للكلام

الخادمة شمردل:

تحتاج لاستراق النظر إذن

الجارية ألحان:

أنت دوما ذكية

الخادمة شمردل:

بخدمتك يا مولاتي وسوف أبذل كل جهدي لكي أكون
عند حسن ظنك

الجارية ألحان:

كوني حريصة على كل التفاصيل يا شمردل

الخادمة شمردل:

مولاتي هل أنت تقصدين الجارية لونان؟

الجارية ألحان:

نعم إنه الهم الجديد

الخادمة شمردل:

مولاتي لا داعي للقلق انه فقط لمعان كلما هو جديد، سوف تقدم وتبلى

الجارية ألحان:

بل أريدها أن تموت وتفنى

الخادمة شمردل:

مولاتي إن أمرت بذلك أصبح حقيقة

الجارية ألحان:

وأضع نفسي في ورطة

الخادمة شمردل:

لن يكتشف أمرك أحد

سوف تموت في حريق أو تختنق وهي نائمة، أو يتوقف قلبها فجأة.

أسباب الموت كثيرة وأساليبه متنوعة للموت طرق وأساليب لا يعرفها إلا من يقبض الأرواح

الجارية ألحان:

هل تريدين أن ينتبه لنا الأمير أو ربما اخدم الخدم

الخادمة شمردل:

لا يا مولاتي أبدا، أنا فقط كنت أخبرك بأن الأمر جائز وممكن الحدوث

الجارية ألحان:

لا أريد..

أريدك أن تأتينني بالأخبار كما طلبت منك، وإن حانت لنا فرصة ورأينا بأنها مناسبة في تلك الحالة

الخادمة شمردل:

في تلك الحالة ماذا؟

الجارية ألحان:

قد نستغلها

الخادمة شمردل:

هذه مولاتي التي أعرفها، أنا اعرف بأن لديك قلبا قويا يا مولاتي

الجارية ألحان وهي تضحك:

وأنت لديك قلب قوي أيضا

أظهرت لخادمة شمردل ذراعيها من تحت الثياب وقالت:

ولدي ذراعان أقوى يا مولاتي

الجارية ألحان:

أنا اعرف قدراتك يا شمردل، هيا كف عن استعراض
قواك وانصرفي

ابتسمت الخادمة شمردل وقالت:

أمرك مولاتي

الجارية ألحان:

افعلي ما طلبته منك

مهمة التخلص من العدو

لقد كانت المهمة التي كلفت بها الجارية ألحان الخادمة شمردل هي أي أن تحضر لها كل الأخبار التي تهمها وليس مجرد أخبار أو أي أخبار، بل أخبار محددة وهي كلما تريد أن تعرفه

كانت الجارية ألحان تريد من شمردل أن تعرف كل شاردة وواردة وان تكون فأرا في جحر في الجدار وأن تكون عصفورا يقف على النافذة، وأن تكون نملة ترافق الطعام أو الفاكهة، وان تكون دودة في تمر آو حتى تفاح.

أرادت منها أن تحل محل الهواء والماء في جناح الجارية الوافدة الجديدة لونان لكي تأتيها بكل الأخبار وان تبلغها أهم الأخبار.

لم تكن تلك المهمة صعبة على الخادمة شمردل المعروفة بالنباهة وسرعة البديهة، صاحب الآذان الطويلة والعيون المبحلقة، والأنف الذي يشتم رائحة الأخبار قبل أن يتم وضعها على النار.

لقد وزعت الخادمة شمردل معاونيها في كل مكان في القصر، وأصبحت مجردة في عملها لكي تحضر إلى سيدتها الأخبار الجديدة وكلما يدور.

لم تكتف الخادمة شمردل بمراقبة الجارية الجدية وخدمها بل وضعت بعض الأعوان في مجلس الأمير دهان لأنها أرادت أن تتقرب إلى أفكاره وان تكتشف ما يدور في خلده.

لقد كانت الخادمة شمردل هي الأخرى خائفة من تقرب الأمير دهان للجارية التي قد تحل محل سيدتها التي

تجزيها بوافر العطاء، فعندما تكون سيدتها هي الأولى في القدر سوف تكون هي الأولى بين الخدم، والعكس أيضا يصح.

بعد عدة أيام جاءت الخادمة شمردل ببعض الأخبار إلى الجارية الحان التي قررت أن تخرج من حالة الحزن إلى حالة التأهب والترقب وأيضا إلى حالة من الحذر والاستيقاظ لكي لا تضيع مصالحها.

لقد قررت أن تخرج من شكل الضحية ومن حالة الدفاع عن النفس إلى دراسة العدو والهجوم

أخبرتها الخادمة شمردل بخبر وقالت:

مولاتي.. مولاتي لقد أتيتك ببعض الأخبار

الجارية ألحان:

ما الجديد؟

هيا أخبريني؟

الخادمة شمردل:

إنها الأخبار التي تهمك يا مولاتي

الجارية ألحان:

لا تلعبي بأعصابي وأخبريني

هيا

الخادمة شمردل:

اعذريني يا مولاتي ولا تغضبي من كل كلامي

اسمعيه كله ولا تكترثي بالأخبار التي تزعجك إذ عليه

أن تسمعيه فالأمر ضروري

الجارية ألحان:

أخبريني ولا تتصرفي بغباء

الخادمة شمردل:

حسنا يا مولاتي

الجارية لونان لا تكاد تغادر جناح مولاي

يقولون بأنها تقريبا تقضي كل الليالي عنده في جناحه

الجارية ألحان:

وماذا بعد؟

الخادمة شمردل:

مولاتي تقول الجواري التي يسهرن على راحتها
والمرافقات من قصر مولاي بأنهن يسمعن الكثير من
الضحك، وأيضا أنها تحيي ليالي مولاي بالغناء.

أحيانا هي تغني ولكن بلا آلات

كما أنها أصبحت مدمنة على دراسة اللغة، وأصبحت تحفظ بعض الأغاني لكي تغنيها في السهرات والحفلات ولكنها لم تغني تجرب غناءها بعد لأنها واثقة في لسانها أكثر فهو يؤثر على مولاي

الجارية ألحان:

كفى

الخادمة شمردل:

آسفة يا مولاتي

الجارية ألحان:

انه ليس خطؤك..

انصرفي الآن

الخادمة شمردل:

ولكن يا مولاتي مازال لدي بعض الأخبار

الجارية ألحان:

لقد قلت لك انصرفي

الخادمة شمردل:

حسنا يا مولاتي

عندما تصبحين أفضل استدعيني وسوف أقص عليك
الباقي

لم ترد عليها الجارية ألحان بكلمة واحدة

خرجت الخادمة شمردل وقد كانت تريد أن تخبرها
بكل ما عرفت لأنها قضت أياما عديدة وهي تحاول
جمع المعلومات.

بعد مرور ساعة بالكامل لم ولم تستدعي الجارية ألحان أي احد إلى غرفتها وهكذا قلقت عليها الجارية شمردل فدخلت إلى غرفتها لتجدها نائمة مثل الملاك.

خرجت وأغلقت الباب، غطت الجارية ألحان في نوم عميق ولم تصحو إلى بعد ثلاث ساعات أخرى، فهي لم تكن تنام في الفترة الأخيرة بشكل منتظم، ولا تحظى بالنوم الكافي.

استيقظت الجارية ألحان بعد تلك الساعات ونادت على الجواري، وطلبت إلى غرفتها الطعام بل الكثير

من الطعام، ثم أمرتهم بالانصراف، وأبقت فقط على الجارية المقربة شمردل، وقالت لها:

هيا قصي ما لديك

الخادمة شمردل:

حسنا يا مولاتي

يبدو يا مولاتي انك استيقظت أفضل بكثير

الجارية ألحان:

هيا تكلمي ولا تراوغي بهذه الطريقة

الخادمة شمردل:

لدي أخبار كثيرة ومازال في جعبتي الكثير

الجارية ألحان:

قصي بينما أتناول بعض الطعام

الخادمة شمردل:

الأخبار كلها عن تلك الأفعى الصفراء

كما انه لدي يا مولاتي بعض الظنون

الجارية ألحان:

أريد الأخبار وليس فقط الظنون

الخادمة شمردل:

مولاتي أنت تثقين في ظنوني وكلامي بالعادة

الجارية ألحان:

حسنا قصي كل ما لديك

الخادمة شمردل:

أظن أن الجارية مغرمة بمولاي

الجارية ألحان:

لما تقولين ذلك؟

الخادمة شمردل:

مولاتي إنها مصرة على تعلم اللغة من أجله

الجارية ألحان:

ولكن اللغة سوف تفيدها في الحياة في القصر عموما

الخادمة شمردل:

مولاتي هناك الكثير من الجواري والخدم يعيشون هنا منذ سنوات ولا يجيدون اللغة بل لم يهتموا بتعلمها

الجارية ألحان:

تعلمها اللغة أصبح بالنسبة إليك دليلا عن حبها للأمير

الخادمة شمردل:

مولاتي طبعا أظن أنها وقعت بغرامه وتحاول أن
تجذبه إليها أنها تحول أن تجعله يقع في غرامها

الجارية ألحان:

كل خادم يحب سيده، إنه حب العبد للسيد

الخادمة شمردل:

لا يهم يا مولاتي المهم إنها تحاول جذبه إليها

الجارية ألحان:

وما الأخبار الأخرى التي لديك؟

الخادمة شمردل:

مولاتي أعتقد أن للجارية أفعال سحرية

الجارية ألحان:

سحر؟ كيف؟

الخادمة شمردل:

لقد علمت بأنها تقوم ببعض الحيل السحرية

الجارية ألحان:

مثل ماذا؟

الخادمة شمردل:

مولاتي يقولون بأن لديها كتيب سحر وفيه الكثير من التعويذات وهي تستعمل الكثير منها

الجارية ألحان:

أحقا ما تقولين؟

الخادمة شمردل:

أجل يا مولاتي لديها تعوذة خاصة بإسكات كل الخدم فلا يقصون ما يرونه في جناحها

الجارية ألحان:

ومن أخبرك إذن؟

الخادمة شمردل:

لقد زرعت بعض العيون الجديدة والتي علمت بتلك الأمور، أما بالنسبة لبقية الخدم فهم لا يستطيعون قول أي شيء.

الجارية ألحان:

وماذا أيضا؟

الخادمة شمردل:

الكثير يا مولاتي، الكثير من التعويذات

الجارية ألحان:

يجب أن نحصل على ذلك الكتيب

الخادمة شمردل:

مولاتي هناك أمر آخر

الجارية ألحان:

وما هو؟

الخادمة شمردل:

إنها تقوم بإعداد شراب خاص وبخلطة سحرية وتتناوله
قبل أية حفلة وهكذا يصبح صوتها شجيا ورنانا
وساحرا

الجارية ألحان:

هل تقصدين بأنها لا تجيد الغناء؟

الخادمة شمردل:

بل أظن أنها لا تجيد شيئا إلا الأعمال السحرية وبعض الشعوذات التي تعتمد عليها وهي في ذلك الكتب

الجارية ألحان:

يجب أن نتحصل على ذلك الكتيب

الخادمة شمردل:

لا اعرف يا مولاتي

الجارية ألحان:

ما الذي لا تعرفينه؟

الخادمة شمردل:

لا اعرف كيف يمكننا أن نتحصل على الكتيب

الجارية ألحان:

اسرقيه..

الخادمة شمردل:

مولاتي إنها تحرسه بحياتها وتحميله جدا وتوفر له حراسة شديدة

الجارية ألحان:

ما قصدك؟

الخادمة شمردل:

مولاتي يقولن أنها تضعه في ركن لا يدخله غيرها وهناك هي تقوم بإلقاء التعويذات واللعنات

الجارية ألحان:

هذا أمر فضيع، أنت تصورينها على أنها ساحرة والسحر ممنوع ممارسته في القصر

لو علم الأمير بالأمر كان ليأمر بقطع رأسها

الجارية شمردل:

أظن أنه يميل إليها

الجارية ألحان:

السحر ممنوع عن الجميع ولو كانت والدته لتمت
معاقبتها بكل تأكيد

الخادمة شمردل:

مولاتي هل تعتقدين بأنها سوف تلقي عليه لعنة لكي
يجبها؟

الجارية ألحان:

لا اعلم.. الأمر بدأ يزعجني

الخادمة شمردل:

مولاتي ربما جمالها ليس حقيقيا

الجارية ألحان:

أعجبت الجارية ألحان بتلك الفكرة كثيرا وقالت:

هل تعتقدين ذلك؟

الخادمة شمردل:

أجل يا مولاتي..

الجارية ألحان:

هل تقصدين بأنها ليست على الجمال الذي سمعت عنه

الخادمة شمردل:

طبعا طبعا

الخادمة شمردل:

ربما جمالها زائف لأنهم قد رأوها تدهن بعض الأمور على وجهها

الجارية ألحان:

لقد أثرت اهتمامي، يجب أن نكتشف الحقيقة وأن نتحصل على الكتيب في اقرب فرصة يا شمردلي العزيزة

الخادمة شمردل:

بأمرك مولاتي، عندما يصبح لدي جديد سوف أخبرك

الجارية ألحان:

لا أنا لن انتظر بل يجب عليك أن تتصرفي وبسرعة شديدة

الخادمة شمردل:

أمرك مولاتي سوف أتصرف

قامت الخادمة شمردل بالتصرف حالا وبحثت عن كل المعلومات التي سوف تجعلها تحقق مرادها ومراد سيدتها الجارية ألحان

وبعد أن تم تجميع كل المعلومات وجدت بأنه بعد أسبوع هناك حفلة في قصر الأمير خانام وهو ابن عم الأمير دهان

لقد قرر الأمير دهان أن يصطحب معه الجارية لونان لكي تغني في قصر الأمير خانام وهذا الأمر

جعل الجارية ألحان تغضب غضبا شديدا لأنه يعني أن الجارية الجديدة أصبحت مميزة وأيضا يعني بأنها هي في وضع الخطر، لأنها تكاد تفقد مكانتها لدى الأمير دهان وسوف تتغلب عليها الجارية لونان بلا شك.

وبالرغم من غضب الجارية ألحان إلا أن الخادمة شمردل أخبرتها بأن ذهابها سوف يكون في صالحهم.

وطلبت منها وترجتها لكي لا تقف في طريق الجارية وذهابها بل أخبرتها بأن تذكر أمام الجميع بأن ذهابها هو أمر جيد.

لقد أخبرتها بأنها سوف تسرق الكتيب وتفتش جناح الجارية جيدا، ولن تترك فيه ركنا بلا تفتيش.

هكذا كانت الخطة التي نالت إعجاب الجارية الحان كثيرا، لقد كانت تحلم بأن يكون كلام الخادمة شمردل حقيقيا وخاصة فيما يخص السحر والكتيب وجمالها الجارية لونان المزيف.

لأن الجارية ألحان كانت تخفي وجهها وتعاني من أمر يعيب وجهها وقد كانت تتمنى أن يكون الأمر صحيح وذلك لأمرين.

أولا أرادت أن تعيب جمال الجارية الجديد والذي ذاع في قصر الأمير دهان وأيضا لدى كل الأمراء بالإضافة إلى صوتها الرنان.

وثانيا لأنها أرادت أن تستعل حيلة الجارية الجدية في جعل وجهها أجمل وأيضا لإخفاء ذلك العيب الذي تعاني منه.

تظاهرت الجارية ألحان بأنها مريضة ولم تتدخل
في أمر مرافقة الجارية لونان للأمير دهان الذي
استغرب تصرفها وقد كان ينتظر أن يرى غيرتها حتى
انه زارها في غرفتها وقال لها:

كيف حال جاريتي المميزة ألحان

الجارية ألحان:

مولاي لما أتعبت نفسك بالمجيء إلى هنا؟

الأمير دهان:

كيف أنت اليوم؟ سمعت أنك مرضت ليلة البارحة

الجارية ألحان:

أحسن يا مولاي

الأمير دهان:

كنت انتظرك

الجارية ألحان:

تنتظرني يا مولاي؟

الأمير دهان:

اعتقدت بأنك ستحبين الذهاب معي إلى قصر الأمير خانام من أجل الزفاف

الجارية ألحان:

يؤسفني مرضي يا مولاي

الأمير دهان:

هل تعلمين بأن الجارية لونان سوف تغني؟

الجارية ألحان:

سمعت أن لها صوتا جميلا

الأمير دهان:

ليس كصوتك يا لحني ونغمي وكل العزف الذي يلاءم أذني

وخاصة أن تلك الجارية لا تتقن لغتنا، إنها تغني بكلام غير مفهوم، وأنا لا أحب ذلك

الجارية ألحان:

ولكنها جيدة يا مولاي

الأمير دهان:

أجل والأمير خانام هو الذي طلبها بالاسم..

ولكن بالنسبة لي أنت الأفضل

الجارية ألحان:

مولاي

الأمير دهان:

ماذا؟

الجارية ألحان:

أحرجتني بكلامك

الأمير دهان:

أنت كذلك وأنت المفضلة لدي دائما

الجارية ألحان:

يقولون أنها جميلة الوجه

الأمير دهان:

ربما.. أنت لازلت تضعين الوشاح كل مرة أراك فيها

الجارية ألحان:

سوف تراني عما قريب يا مولاي

الأمير دهان:

أتوق لذلك

سوف أغادر فقد حان وقت المغادرة، تعافي قريبا

سوف أعود بعد يومين اهتمي بالقصر في غيابي

الجارية ألحان:

سوف أفعل ذلك يا مولاي

قبل الأمير دهان رأس الجارية ألحان وغادر القصر بصحبة الجارية لونان وبعض الجواري لخدمتها.

خطة سرقة الكتيب

اغتنمت الخادمة شمردل وسيدتها غياب الجارية لونان
والتي لن تعود إلا بعد يومين

قامت الجارية الحان التي لم تكن حقا مريضة من
فراشها ونادت الخادمة شمردل وسألتها عن الخطة
التي جهزتها الخادمة شمردل لسرقة الكتيب وقالت لها:

هل غادر الجميع؟

الخادمة شمردل:

أجل يا مولاتي لقد تأكدت من مغادرتهم القصر بنفسي وقد كانوا جميعا سعداء وخاصة الجارية لونان التي تخرج مع مولاي لأول مرة.

الجارية ألحان:

لما لا تسعد فهي المميزة الآن؟

الخادمة شمردل:

لا يهم يا مولاتي لأن تميزها لن يستمر

الجارية ألحان:

ما أخبار الخطة وما الذي تقترحينه؟

الخادمة شمردل:

ليست أقدم مجرد اقتراحات يا مولاتي، بل لدي الخطة التي يجب أن سير عليها حرفيا ويجب أن ننفذها هذه الليلة لكي لا نتفاجأ بأي شيء قد يطرأ يوم غد.

الجارية ألحان:

حسنا وما هي الخطة؟

الخادمة شمردل:

مولاتي أولا يجب أن تعرفي أنني قد درست المكان جيدا ولكي معلومات عن كل الجواري والخادمات اللواتي يتواجدن في جناح الجارية لونان وأي شخص قد يتواجد هناك أو بالقرب من الجناح وأحضرت كل التفاصيل عن الحراس أيضا

الجارية ألحان:

وماذا عن الكتاب؟

الخادمة شمردل:

لقد عرفت مكانه داخل صندوق صغير ولكن الصندوق هو نفسه داخل صندوق ملابسها التي لا ترتديها إلا في المناسبات الخاصة ويوجد أيضا كيس صغير

الجارية ألحان:

ما الذي يحتويه الكيس؟

الخادمة شمردل:

يقول مصدري أن الكيس يحتوي على أعشاب وعقاقير مهمة ونادرة أيضا.

الجارية ألحان:

إنها أغراض مهمة بداخل الكيس إذن مهمة؟ أليس كذلك؟

الخادمة شمردل:

مولاتي هل تريدين أن اسرقه لك أيضا؟

الجارية ألحان:

إذا كان مهما بالنسبة لها فهو سيكون مهم بالنسبة لنا أيضا.

الخادمة شمردل:

أمرك مولاتي

الجارية ألحان:

وكيف ستفعلين ذلك؟

الخادمة شمردل:

لدي خطة محكمة

الجارية ألحان:

وما هي؟

الخادمة شمردل:

سوف نقيم حفلا غنائيا وأنت تحضريه ولكن يجب أن
تتظاهري بأنك مريضة لكي لا يكتشف الأمير أننا
نكذب بشأن المرض

الجارية ألحان:

لِما؟

الخادمة شمردل:

لكي نخلق بعض الفوضى في القرص لأنني أريد أن نزوع الحلوى على الحراس وعلى الخادمات والجواري وسوف ندعو الجميع للحضور

الجارية ألحان:

الجميع؟

الخادمة شمردل:

جواري وخادمات جناح الجارية لونان لكي يخلو الجو لي

الجارية ألحان:

ثم ماذا؟

الخادمة شمردل:

هنا يأتي دور خادماتي اللواتي قمت بدسهن في خدم الجارية لونان

الجارية ألحان:

كيف ذلك؟

الخادمة شمردل:

سوف أحاول إخلاء كل الجناح ثم اسرق الصندوق والكيس وبعد مغادرتي سوف تدعي خادمتاي بأنهما في شجار ولكي يصدق الجميع انه شجار حقيقي أمرت إحداهن بأن تطعن الأخرى.

الجارية ألحان:

تطعنها ولكن هذا خطير وربما يزج بها في السجن وقد يعذبوها فتعترف عليك

الخادمة شمردل:

لا لن يحصل ذلك لأنها خادمة أمينة، كما أنها سوف تنال مكافأتها وقد وعدتها بمكافأة كبيرة.

الجارية ألحان:

أجل سوف أكافئكم جميعا

الخادمة شمردل:

كوني جاهزة في السابعة وسوف أطلب من الفرقة أن يجهزوا وأيضا سوف اطلب الحلويات من أجل السهرة.

الجارية ألحان:

أنا متشوقة

الخادمة شمردل:

وأنا أيضا.

الجارية ألحان:

ولكن ماذا أن أبلغت الجارية عن ضياع أغراضها

قالت الخادمة شمردل وهي تضحك بسخرية:

وماذا ستقول؟ سرق مني كتاب سحر

وبعض العقاقير التي كنت استعملها في تعويذاتي

لا يمكن يا مولاتي سوف تسكت خوفا على رأسها.

تنفيذ السرقة

أقيمت حفلة ساحرة مليئة بالرقص والغناء وتم تقديم الكثير من الأطعمة والحلويات وكانت هذه فرصة كبيرة بالنسبة للخدم والجواري يغتنموها للاستمتاع بالطعام والراحة والرقص.

لم يستطع الخدم وكل الجواري تفويت كل تلك المتعة فاقترحت الخادمة ديدينيا البقاء في الجناح لحراسته

ووافقتها الخادمة ديدينيا وقررت البقاء أيضا لأنهما تعودا على حضور الكثير من الحفلات على عكس جواري الجارية لونان وخدمها

وبعد الكثير من النقاش وإحداهن ترغب بالذهاب والأخرى متلهفة لترى الحفلة والأخرى سمعت الكثير عن الطعام من الخادمتان المجندتان وهكذا قررت الجواري الثلاثة والخادمات الأربعة الذهاب حتى أن إحدى الخادمات أرادت البقاء خوفا من ذهابهم جميعا إلا أن الخادمتان أقنعتاها هي أيضا فلحقت بالجميع إلى قاعة الحفلة.

وهكذا لم يبق في الجناح إلا الخادمتان وسرعان ما دخلت عليهما شمردل فأظهرا لها الصندوق وساعدها على أخذ ما تريد ثم غادرت.

بعد مغادرتها أخذت الخادم السكين الذي كان على الطاولة مع التفاح وغرزته في بطن صديقتها بعد أن تشجعت الأخيرة وكانت مستعدة لأخذ الطعنة.

سمع الحراس الصراخ فجاءوا إلى الجناح وبعد قليل جاءت الجارية ألحان والتي كانت هي المسئولة عن القصر في غياب الأمير برفقة الخادمة شمردل التي تظاهرت بأنها سمعت الحراس يقولون بأنه قد وقع حادث في جناح الجارية لونان.

تجمعت الجواري والخدم والحراس أمام باب الجناح وبعد أن استدعت الطبيب الذي وجد بأن الجرح بسيط واستفسرت الجارية ألحان عن سبب طعن الخادمة للأخرى أخبرتها بأن كان حادث غير مقصود.

يبدو أن الخادمتان لم تكونا على وفاق فدفعت إحداهما الأخرى لتقع على الطاولة وبالضبط على

الخنجر فطعنت نفسها وقد أكدت التي تعرض للطعن الأمر فلم يكن من داع لمعاقبتهما.

وصلت جواري الجارية لونان إلى الجناح وهن خائفات من أن يكون الوضع خطير ومن أن يكون قد سرق شيء أو حتى لو علمت الجارية أنهن تركن الجناح لوحده كانت لتعاقبهن.

وجدت الجواري كل شيء على حاله وليس هناك أي شيء غريب بل مجرد شجار بسيط وجرح بسيط أيضا.

الغنيمة المسروقة

تفرق الجميع وأمرت الجارية ألحان بإنهاء الحفلة وتظاهرت بأنها لازالت مريضة وأنها تريد التوجه إلى جناحها لنيل قسط من الراحة.

عادت الجارية ألحان إلى جناحها لتجد المفاجأة التي كانت تنتظرها.

لقد سرت كثيرا وكانت تقفز من الفرح وكأنها طفلة صغيرة عندما رأت الكتاب والكيس الأسود تحت لحافها على السرير، فقالت الخادمة شمردل:

مولاتي على رسلك سوف يفضح أمرنا

الجارية ألحان:

لا تقلقي لا احد يستطيع الدخول علينا

الخادمة شمردل:

مولاتي هاهي أغراضك

الجارية ألحان:

هل هي لي حقا؟

الخادمة شمردل:

طبعا يا مولاتي ولكن يجب أن لا يعلم أحد بهذا أبدا
مهما يحدث، يجب أن لا تراها باقي الجواري
والخادمات يا مولاتي ولو علم الأمير بأنها أغراض
سحر لن يعاقب فقط الجارية الجيدة بل سوف يقطع
رؤوسنا جميعا.

الجارية ألحان:

يجب أن نتكتم على الأمر

الخادمة شمردل:

أجل يجب ذلك

الجارية ألحان:

دعينا نلقي نظرة على الكتاب

الخادمة شمردل:

مولاتي ولكن نحن لا نجيد قراءه اللغة الرومانية

فتحت الجارية ألحان الكتاب الذي كان صغير الحجم ولكنه كثير الصفحات وله غلاف جلدي بني ويظهر من أوراقه البنية انه كتاب قديم جدا وقالت:

من حسن حظنا أن الكتاب مترجم بالصور ومن الصور يمكننا فهم الكثير.

الخادمة شمردل:

ولكن يا مولاتي أظن أن الأمر خطير إذ لا يمكننا أن نعتمد على الصور دون أن نفهم الكتابة والملاحظات فلو لم تكن مهمة لما كتبها مؤلف الكتاب.

الجارية ألحان:

طبعا معك حق

فتحت الخادمة شمردل الكيس وقالت لسيدتها:

سيدتي انظري هناك الكثير من الأعشاب تتطابق مع الرسومات

يا لحظنا يا مولاتي

تجربة التعويذات

أمرت الجارية ألحان خادمتها الأمينة أن تطلب من الخادمات الانصراف وأمرتها أن تغلق الباب بإحكام وان تبيت معها في جناحها، ففعلت الخادمة شمردل ما أمرتها به الجارية ألحان وصرف الجميع ودخلت لكي تقرأ معها الكتاب.

لقد كان كتابا مليئا بالوصفات والتعويذات ولكن الأمر كان صحيحا وبالضبط مثلما قالت الجارية ألحان الرسومات كانت مفيدة حقا.

لقد اكتشفتا بعض التعويذات وأكثر ما كان يهم الجارية الحان هو تعويذة الجمال.

لقد تمكنت من إيجادها وقد عرفتها لأنه مرسوم وجه عجوز ثم سهم ثم وجه فتاة خارقة الجمال بجانب عنوان التعويذة في أعلى الصفحة.

كما كانت توجد الكثير من الرسومات على الجانبين مثل أنف طويل أو مكسور، وحبوب وبثور.

وأن التعويذة تعالج كل عيوب البشرة بالإضافة إلى أنها تعدل الجمال وتحافظ على الشباب.

كما كانت كل المقادير مكتوبة بالأرقام ومرسومة أي يمكن أن تفهم الجارية ألحان الكثير بدون إتقان اللغة.

لقد كانت متشوقة جدا لدرجة أنها قررت أن تجرب تعويذة الجمال التي يبدو أنها هي نفسها التعويذة التي تستعملها الجارية لونان بارعة الجمال.

قالت الجارية ألحان:

أحضري إناء سوف جرب هذه التعويدة والآن

الخادمة شمردل:

أرجوك يا مولاتي لا تستعجلي، أخاف أن تكون هناك أية مضاعفات لأنني سمعت بأنه لكل سحر نقطة ضعف.

الجارية ألحان:

أريد أن أصبح جميلة، أريد أن أتخلص من هذا العيب الذي في وجهي

الخادمة شمردل:

أجل أعلم يا مولاتي ولكن لا تستعجلي رجاء

الجارية ألحان:

أنا لست مستعجلة، ولكنني قد عشت كل حياتي خلف الستار، أريد أن أصبح جميلة، وأن أظهر جمالي للجميع.

الخادمة شمردل:

مولاتي لما لا تنتظرين حتى أحصل لك على خادم أو خادمة تجيد هذه اللغة وعندها يمكننا أن نلقي أية تعويذة وبدون خوف.

الجارية ألحان:

لا.. لا أريد أن يعرف أي أحد عن هذا الموضوع شيئا، أريده سرا بيننا

الخادمة شمردل:

لا تخافي يا مولاتي سوف أجد لك الشخص المناسب وأدربه أو أدربها من أجلك

الجارية ألحان:

هل تعتقدين ذلك؟

الخادمة شمردل:

أجل يا مولاتي أنا أجيد التدريب اعتمدي علي

الجارية ألحان:

حسنا ولكنني سوف أجرب هذه التعويذة وهذه الليلة

الخادمة شمردل:

هذه الليلة، هل أنت مصرة يا مولاتي؟

الجارية ألحان:

أريد أن أصبح جميلة قبل عودة مولاي

الخادمة شمردل:

أنت جميلة يا مولاتي

الجارية ألحان:

لم أعد أشعر بتميزي منذ أن قدمت الجارية لونان إلى القصر

الخادمة شمردل:

آسفة لسماع ذلك يا مولاتي، ولكن اعتقد أن أيامها قد ولت وان كانت تستعمل هذه التعويذة سوف نرى كيف يمكننا أن نكشفها، أو نعكسها عليها

الجارية ألحان:

أجل لنفعل ذلك

قامت الخادمة بالتدقيق مع الجارية ألحان لكي لا يتم ارتكاب أية أخطاء وقامت بخلط كل المستحضرات ولكن كان يجب عليها قول كلمات وهي تنظر إلى القمر وتضع الخليط على وجهها لمدة ليلة كاملة.

لم يكن الأمر صعبا لخلط الأعشاب ولكن كان الأمر صعبا في الأخير لأنه كانت هناك أكثر من جملة بل حوالي الفقرة كاملة، ربما أكثر من ثلاثة اسطر.

كانت الجارية ألحان مصرة على إلقاء التعويذة بشدة وخاصة أن القمر كان يتوسط السماء وهذا جعلها تتحمس أكثر.

وجدت شمردل الخادمة الوفية الحل لسيدتها فهي لم تتحمل أن يكسر حماسها وهي تريد ذلك الأمر بشدة، فقالت لها بعد تفكير عميق:

مولاتي أظن أنني وجدت الحل

الجارية ألحان:

وما هو؟ أسعديني بسماعه

الخادمة شمردل:

مولاتي سوف انسخ تلك الجمل وبحذر يجب أن أركز على رسمها حرفيا ويمكنك مراقبتي ومساعدتي في فعل ذلك

الجارية ألحان:

ولما قد تفعلين ذلك؟

الخادمة شمردل:

مولاتي أنا اعرف شيخا كان يعمل في القصر هنا، ولكنه عندما أصبح طاعنا في السن ولا يقوى على

العمل وجزاء لأمانته وتفانيه في الخدمة تم إرساله إلى قصر الشيخوخة لكي يقضي أيامه في راحة وهدوء.

الجارية ألحان:

وماذا عنه؟

الخادمة شمردل:

مولاتي لقد كان صديقا لوالدي وكان يحبه جدا لذا سوف أتوجه إليه واطلب من المساعدة في قراءة الكلمات

الجارية ألحان:

وهل يجيد هو هذه اللغة؟

الخادمة شمردل:

أجل يا مولاتي إنه أجنبي هو أيضا ولكنه عاش كل حياته هنا إلا انه كان يجيد اللغة لأنه قد جاء إلى هنا مع والدته فكانت تعلمه لدرجة انه تم متعها من تعليمه فنقلت إلى قصر آخر عقابا لها على مخالفة القوانين

الجارية ألحان:

ولكنه يجيد اللغة؟

الخادمة شمردل:

لقد كان والدي يقول بأن نقل والدته لم يكن ذا فائدة لأنه قد تعلم كل أساسيات اللغة وكان يجيدها جدا لدرجة أنهم في بعض الحروب استعانوا به كمترجم

الجارية ألحان:

هل تثقين فيه؟

الخادمة شمردل:

إنه صديق والدي وهو يحبني كابنة له، ولن يرفض لي طلبا

الجارية ألحان:

ولكن احترسي لأن في الأمر مخاطرة وقطع رؤوس لا تنسي.

الخادمة شمردل:

أجل.. أجل يا مولاتي سوف أكون حذرة

بعد أن ألقت الجارية ألحان تلك التعويذة على وجهها خلدت إلى النوم وفي الصباح تفاجأت بما أيقظتها عليه الخادمة شمردل.

لقد تفاجأت الخادمة شمردل أيضا بالنتيجة، لقد استيقظت بوجه جديد، أصبح لديها وجه فتاة شابة اصغر من عمرها بسنوات، وجه خال من كل عيوب البشرة صاف كالماء، بشرة بيضاء كالثلج وشفاه حمراء كالكرز.

لقد اختفى العيب الذي كان في وجهها، اختفى فعلا ولم يعد موجودا

لقد أصبحت الجارية ألحان فاتنة الجمال، وجذابة بشكل غير معقول.

حتى أنها هي لم تصدق جمالها الجديد، هذا الجمال الذي قالت عنه:

أظن أنه يجب أن اخفي جمال خلف الستار

الجارية شمردل:

لما تريدين إخفاء جمالك يا مولاتي؟

الجارية ألحان:

من الحسد..

أنا جميلة جدا

الجارية شمردل:

أجل يا مولاتي أنت جميلة جدا وبشكل ملحوظ، بشكل غير معقول.

الجارية ألحان:

سوف أحافظ على السار لكي لا ينتبه احد للتغيير الذي حصل لي

أنا سعيدة

الجارية شمردل:

وأنا سعيدة لأجلك يا مولاتي

الجارية ألحان:

من اليوم وصاعدا يجب أن لا يدخل علي أحد غيرك

الجارية شمردل:

حسنا يا مولاتي

الجارية ألحان:

اسمعي ضعي حارسا على الباب ويمنع منعا باتا دخول أية خادمة إلا بعد أخذ الإذن حتى لو كن يردن ترتيب السرير أو التنظيف.

الجارية شمردل:

مولاتي لدي فكرة

الجارية ألحان:

ماذا؟

الجارية شمردل:

مولاتي سوف أحضر أحد الخدم ليقسم لك الجناح قسمين

الجارية ألحان:

لا .. لا أريد ذلك

الجارية شمردل:

ليس حقا أنه فقط بشكل مجازي سوف أضع هنا في الوسط ستارة شفافة وبالتالي إن دخلت إحدى الخادمات على سبيل الخطأ لن ترك

الجارية ألحان:

حسنا

الجارية شمردل:

ما رأيك مولاتي؟

الجارية ألحان:

أظنها فكرة جيدة وان كنت تري أنت أنها جيدة فإنها سوف تكون جيدة وذات فائدة

كشف قبح الجارية وعكس تعويذاتها عليها

عادت الجارية لونان من رحلتها مع الأمير دهان
وهي تكاد تطير من السعادة، ووصلت أخبارها إلى
الجارية الجميلة ألحان التي كانت تنتظر عودة الأمير
بكل شوق ولهفة.

وقد خططت لأن تدعوها للعشاء معها في جناحها
بعد أن تكمل التعديلات عليه وان تكون تلك هي حجتها

لدعوته لذا قد حرصت على أن تنتهي الأعمال في أسرع وقت.

وضعت شمردل بعض العيون والآذان لكي تعرف ما الذي قد تفعله الجارية لونان عندما تكتشف الأمر، أي أمر سرقة أغراضها الثمينة.

جاءت الأخبار بأن الجارية قد اكتشفت السرقة بل وعانت من انهار عصبي ونوبة تشبه نوبات الجنون، كما أنها قد عاقبت كل جواريها وخدمها حتى أنها قد قطعت أصابع إحداها ولكن لم تخرج بأية أجوبة من استجوابهن

ولكن عندما وصل الأمر إلى الحراس فهي قد تغاضت عن الأمر وتكتمت ولم تذكر الكثير.

في حقيقة الأمر أن الخادمة شمردل والجارية ألحان لم تكتفيا بالوضع على ما هو عليه ولم تنتظرا رد فعل الجارية لونان دون تحريك أي ساكن، بل قد

ألقيا عليها تخويذة تخويف لكي لا تذكر الأمر لأي شخص وخاصة الأمير دهان.

لقد اعتمدت الجارية ألحان على صديق الخادمة شمردل العجوز في ترجمة كلما يريدونه حتى أنهما أرادتا أن يترجم لهما كلما هو مكتوب على صفحات الكتاب وهذه أصبحت وظيفة الخادمة شمردل الوحيدة، فقد تفرغت لهذها العمل وتركت باقي الأعمال، وأثبتت لسيدتها كم هي وفية.

مرضت الجارية لونان ودخلت في اكتئاب حاد وأمرت بعزل كل جواريها وإبعادهم عن جناحها لأنها لم تعد ترغب في هدمتهم لها رغم أنهن معها منذ سنوات وقد جاؤوا معها عندما وصلت لأول مرة إلى القصر.

لقد تخلصت منهن لأنها لم تعد تثق فيهن ولا تثق في أي احد على الإطلاق.

بعد مرور أسبوعين انتكست حالة الجارية لونان، وقد أصبح لها وجه عجوز مليء بالتجاعيد ولم تعد تشبهه نفسها يبدو أن التعويذة قد فقدت قوتها.

كان الرجل العجوز الذي يترجم للخادمة شمردل اخبرها بأن تعويذة الجمال لا تستمر إلى الأبد، بل هي تعويذة مؤقتة، وأطول وقت يمكن أن تبقى التعويذة فعالة هو شهر لذا فقد استخلصوا بأن الجارية لونان ألقت تلك التعويذة على نفسها منذ شهر.

لكن الغريب في الأمر هو لما أصبحت عجوزا هكذا فجأة هل هي في الحقيقة عجوز أم أن للتعويذات رد فعلى عكسي وقد عكست النتائج عندما توقفت عن استعمالها.

كانت هناك ملاحظة في الكتابة تقول بأنه كلما ألقت المرأة التعويذة على نفسها مرة أخذت من حياة بشرتها لكي تبدو جميلة لذا عليها الاستمرار وتقديم القرابين وإلا فإنها اذا توقفت فجأة قد تشيخ فجأة.

ولكن الحقيقة لم تكن تكمن هنا فقط بل اكتشفت الخادمة شمردل من الخادمات اللواتي طردتهن الجارية لونان بأنها في الحقيقة لم تكن فتاة شابة بل هي عجوز طاعن في السن وكانت تبدو جميلة لأنها تستعمل مرهما يجعلها تبدو كذلك.

لم تكن الجواري يعلمن بأنها ساحرة أو تستعمل السحر واعتقدوا بأنها تستعمل مرهما يعيد الشباب أو يحافظ عليه.

أذيع في القصر أمر الجارية لونان وأنها أصبحت عجوز بشعة فجأة ولم تعد على ذلك الحسن الذي كانت عليه سابقا.

انتحار الجارية لونان

بعد أن وصل الأمر إلى الأمير دهان وأخبره بأن الجارية الجميلة لونان تعاني من أمر ما أرسل إليها أطباء القصر، وطلب منهم أن يعالجوها مما تعاني منه على وجه السرعة.

لقد كانت جاريته الجميلة والمميزة والتي لم يكن يستطيع أن يتحمل فكرة أن يخسرها، لذا فقد كان حريصا على الأطباء وطلب منهم أن يبذلوا قصارى جهدهم.

شخص الأطباء حالة الجارية بالغريبة، ولم يتوصلوا إلى شيء واضح، وبعد أن حاولا كثيرا لاكتشاف مرضها الذي تعاني منه، توصلوا إلى كونها مصابة بمرض غير معروف، بل وأطلقوا عليه الشيخوخة المباغتة وفسروا الأمر بأن الجارية ربما تناولت طعاما تحسس منه جسدها وهذه كانت رد فعل الجسم الذي طرد السموم عبر الجلد فأصيبت البشرة بالشيخوخة.

بعد أن أخبر الأطباء الأمير بالأمر لم يستطع أن يزور الجارية لأنهم نصحوه بعدم التقرب منها أو رؤيتها فربما يكون مرضها معديا.

كان الأمير دهان قد وقع في غرام الجارية لونا وقد تحسر على خسارتها، ولكن لم يكن باليد حيلة، وجزاء على الأيام التي قضتها معه لم يقم بنفيها فأمر بإحالتها على التقاعد وان ترسل إلى قصر الراحة لكي تقضي فيه بقية أيام حياتها التي لا يعلمون إن كانت ستكون مدة طويلة أو قصيرة.

لم تتحمل الجارية لونان ما حدث معها وما زاد الطين بلة، أن خسرت جواريها وخدمها، وبعد ذلك خسرت حياتها في قصر الأمير دهان، وهكذا تحصلت على سم وأنهت حياتها لأنها لم تتخيل كيف لها أن تعيش وسط أولئك الخدم الطاعنين في السن ولا حتى كيف لها أن تعيش كل حياتها بدون كتابها الذي لا تستطيع استعادته ولا حتى البحث عنه.

لقد علمت بأنها قد خسرت المعركة وكل الحرب، وقد تغلب عليها عدو لا تعرف هويته حتى، لذا قررت الاستسلام والانسحاب من الحياة.

فوز الجارية ألحان

لم تكن الجارية لونان هي الوحيدة التي عرفت بأنها قد خسرت الحرب بل أيضا الجارية ألحان عرفت بأنها قد كسبت الحرب ولن تهزمها أية جارية بعد الآن.

أعلنت انتصارها وفرحت بقوتها التي كسبتها على حساب الجارية لونان، وطلبت المزيد من الخدم من رئاسة القصر وقد تم تمدها بهم لأنها قد ارتفعت

وعادت إلى مكانتها السابقة وأصبحت الأولى في القصر والجارية الأكثر تميزا وقربا من الأمير دهان.

احتفلت الجارية ألحان بالأمر وبانتصارها ولكنها لم تظهر مشاعرها بل اعتقد الجميع أنها تحتفل بإعادة تصميم جناحها.

بعد أن أنهى العمال عملهم في الجناح طلبت من الخادمات والخياطين أن يرسلوا لها مفروشات جديدة وبألوان زاهية وربيعية وذلك تعبيرا على أنها سعيدة ومبسوطة بالنتائج التي وصلت إليها إلى حد الآن.

وجهت بعد ذلك دعوة رسمية إلى الأمير دهان الذي لم يرفض وجاء لكي يرمم علاقته لها بعد أن خسر جاريته المفضلة.

ولكثرة مشاغله الفترة الماضية لم يلبي الدعوة إلا بعد أن ماتت الجارية لونان وأصبحت حادثتها قديمة.

تفاجأ الأمير دهان بتصرفات الجارية ألحان التي بدت منطلقة وحميمية حتى أنها بعد أن غنت له قامت

وأهدته رقصة من تصميمها وهي رقصة تتقرب إليه
بحركاتها.

لقد اغرم الأمير دهان بالجارية ألحان مرة أخرى
وهو منذ البداية مغرم بصوتها ولكنه اليوم أعترف لها
بأنه مغرم برقصها إلى أن جلست بجانبه بعد أن سحبها
من يدها.

وفجأة كشفت له عن وجهها، لقد انبهر بجمالها
الخلاب وشبابها المشع والنضر والحياة.

ولكنه عندما سألها عن العيب الذي كان في وجهها
والذي لم يره بل سمع عنه أخبرته بأنها قد وجدت
علاجا وشفيت منه وهي الآن بخير وبأتم الصحة.

قرر الأمير دهان بعد ذلك بأن تصبح له خليلة وان
لا يتخلى عنها أبدا.

وأخيرا تحققت كل أحلام الجارية ألحان وتوحدت
مع حبيبها فقد كانت مغرمة بالأمير دهان منذ صغرها
ولكنها كانت خجولة بسبب ذلك العيب الذي كان في

وجهها. أصبحت الجارية ألحان خليلة الأمير دهان الذي اعتبر انه كان محروما من جمالها كل تلك الفترة الماضية، وكان يلوم نفسه فلو وفر لها الأطباء الأكفاء لكان قد رآها وكسب كل تلك السنوات التي عاشها بدونها.

لقد أدخلته الجارية ألحان جنة النعيم، وعاش معها أجمل أيام حياته، وهي أيضا كانت تصارح خادمتها الوفية ألحان بأنها قد تعيش مع الأمير دهان أجمل أيام حياتها ولكن السعادة لم تدم.

لم تدم سعادتها طويلا فبعد مرور عدة أشهر تم استدعاء الأمير دهان من قصره الذي لم يعد يفارقه ليلا ولا نهارا، وبعد عدة أسابيع من الغياب سمعت بخبر كاد يقتلها وقد طعن قلبها.

كانت الخليلة ألحان سعيدة حتى تلقت خبرا صدمها، انه خبر صادم حقا، فقد تقرر في القصر الملكي زواج الأمير دهان ودون سابق إنذار، ومنع من العودة إلى قصره هذا.

لقد تقرر في القصر الملكي زواج الأمير وتم
تحديد تاريخ حفل زفافه الذي كان على الأبواب.

كادت الخليلة ألحان أن تجن ولم تكن بيدها حيلها،
ورغم تفكيرها الطويل والعميق في الموضوع إلا أنها
لم تعرف ما يمكن عمله.

لقد كان أمامها حل واحد وهو أن تطلب العون من
خادمتها التي قامت بترقيتها إلى جارية صنف أول،
وقد كافأتها بأن زوجتها برئيس الحرس.

كانت الجارية شمردل كعادتها تحمل الحل في
كلمات بسيطة فكانت نصيحتها أن تنجب الخليلة ألحان
طفلا من الأمير دهان وهكذا تربطه بها إلى الأبد.

وهكذا قررت الخليلة ألحان أن تنجب له طفلا.

زواج الأمير دهان

لقد كان قرار زواج الأمير دهان قرارا ملكية ولا يوجد فيه نقاش أو تراجع.

تزوج الأمير بفتاة من العائلة ليست أميرة ولكنها ذات حسب ونسب ولها أصل عريق.

أصبحت الجارية ألحان لا تستطيع أن ترى الأمير دهان لأنه لم يعد يتردد على القصر، لم تره قبل

الزفاف أبدا، ولكن وبعد أن تم الزواج بأسبوعين تمكنت من رؤيته ولكن فقط من بعيد.

تمكنت الخليلة ألحان من رؤية الأمير دهان بعد أن زفت إليها الجارية شمردل البشارة بوصوله.

لقد وصل إلى قصره المجاور الذي تقرر أن يعيش فيه مع زوجته وليس إلى القصر الذي فيه الخليلة ألحان هذا القصر الذي أصبح شبه مهجور.

ولكن على الأقل تمكنت من رؤيته فقد سكن وزوجته في قصر مجاور، والأمر الجيد هو أن هذين القصرين على نفس الأرض وغير بعيدين عن بعضهما.

الأمر الوحيد الذي خفف على الخليلة ألحان هو أمكانية رؤيتها لحبيبها ولو من النافذة، فقد كان يمكنها رؤيته خارج القصر، وفي الحديقة مع زوجته، ولكن لا تستطيع فعل شيء فلو أزعجت الزوجة ربما هذه الأخيرة سوف تتخلص منها إلى الأبد.

هزيمة جارية لا تقارن بحرب مع نبيلة وهذا أمر كانت الخليلة ألحان تعيه جيدا ولم يكن في إمكانها أن تجازف بحياتها وكلما وصلت إليه.

فهي في البداية والنهاية مجرد جارية ولم تصل إلى منصب يمكنها من التبارز مع النبلاء.

النبيلة لا تخسر شيئا ولكن الجارية قد تخسر كل شيء وقد تخسر حياتها كلها في لمح البصر.

إنجاب طفل

مرت الأيام والأسابيع، ولم يظهر خيال الأمير دهان، ودخلت الخليلة في حالة من الحزن والكآبة، ولم تستطع أن تتحمل أن كل تلك السعادة قد انتهت وان الحب الذي أظهره لها الأمير دهان من المحتمل أن يكون مجرد حلم وقد انتهى.

فكرت كثيرا ولكن الحزن لم يعطي عقلها مساحة للتفكير، الصحيح ولا لإيجاد حل لمشكلتها العويصة التي في ظاهرها تبدو مشكلة بدون حل.

لكن الجارية شمردل لم تترك سيدتها الجميلة والحنونة في وقت كهذا لوحدها بل كانت دائمة التفكير في حل حتى توصلت إلى فكرة جيدة وجاءت لكي تعرضها عليها.

مولاتي منذ عدة أسابيع، منذ أن تزوج مولاي ونحن نفكر في مسألة إنجابك لطفل

الخليلة ألحان:

وماذا في ذلك يا شمردل أنا متعبة وليس لدي مقدرة على النقاش رأسي يؤلمني

الجارية شمردل:

مولاتي الأمر مهم وأظن أنني وجدت لك الحل

الخليلة ألحان:

قولي ما لديك

الجارية شمردل:

مولاتي منذ أسابيع ونحن نلقي التعويذات على زوجة مولاي لكي لا تحمل بطفل وأظن أن الأمر يسير وفقا لخطتنا.

الخليلة ألحان:

وماذا بعد؟

الجارية شمردل:

مولاتي لما لم نلق تعويذة لكي يتشاجر معها مولاي وفي نفس الوقت أن يأتي إلى هنا إليك وفي تلك الحالة تطبقين تعويذتك من أجل الحمل وأظن أن الخطة سوف تنجح

قامت الخليلة ألحان من فراشها وقد كانت مستلقية على السرير وقالت:

معك حق، لماذا لم نفكر في ذلك من قبل

الجارية شمردل:

مولاتي لو انتظرنا فالأمير لن يأتي من تلقاء نفسه ولو مر العمر بأكمله

الخليلة ألحان:

لما تقولين هذا؟

الجارية شمردل:

هذا هو حال الأمراء يا مولاتي، وأيضا هذا هو الزواج

الخليلة ألحان:

ربما معك حق

الجارية شمردل:

هل أجهز كل الأغراض؟

الخليلة ألحان:

أتعرفين التعويذة التي سوف نعمل بها

الجارية شمردل:

طبعا مولاتي لقد حفظت الكتاب من خلال ترجمته

الخليلة ألحان:

حسنا قومي بما عليك

الجارية شمردل:

أنا أحب هذا العمل

الحمل السعيد

بما أن حمل الخليلة ألحان كان بحاجة لقدوم الأمير دهان إلى قصرها، فالحمل يحتاج لقاء حميما واحدا على الأقل، لكي تلقي التعويذة الخاصة بالحمل على الأمير دهان.

عادت المياه إلى مجاريها، وأصبح الأمير دهان يتردد على قصر الجنات الذي فيه الخليلة ألحان وقد كان يأتي فقط من أجلها هي وأحيانا يقضي بالأيام هناك.

كان قصر الجنات يختلف عن قصر الزوجة كثيرا لأنه مليء بالجواري الحسناوات ويصدح بأصوات الغناء الجياشة ويسمع فيه العزف وخلخال الراقصات.

بينما قصر الزوجة أصبح يعلو فيه صورت الشجار بين الأمير دهان وزوجته التي كانت تشعر بأنها مقصرة في حقه لأنها لا تنجب وهي خائفة من خيانته لها أو الزواج بامرأة أخرى.

عندما وصل أمر خلافه مع زوجته وبقائه في قصر الجنات إلى القصر الملكي تم استدعاؤه وتوبيخه ومحاولة الصلح بينه وبين زوجته.

عاد الأمير إلى الانقطاع عن قصر الجنات لكن مراد الخليلة ألحان قد حصل، واكتشفت بأنها حامل، وأخيرا تحقق حلمها الذي لطالما حلمت به.

اعتقدت الخليلة ألحان بأن الحمل سوف يحل كل المشاكل التي بينها وبين الأمير دهان وسوف يقضي على المسافة التي أصبحت تفصل بينها وبين الأمير.

اعتقدت بأن الحمل سوف يقضي على مسألة ابتعاد الأمير عن قصر الجنات حتى أنها كانت تفكر في انه ربما يرفعها الأمير دهان إلى درجة أخرى، مكانة مميزة.

لقد راودتها الكثير من الأحلام، فهي قد تصبح زوجة الأمير، ربما يتزوجها الأمير دهان، وربما يعلنها أم الابن البكر، فلقب والدة الأمير أفضل من لا شيء ولكنها في الحقيقة كانت تصبو إلى لقب الزوجة الثانية وأيضا لقب الأميرة.

أبغلت الخليلة ألحان الأمير بأنها تريد حضوره لكي تبلغه بأمر هام ولكنه للأسف لم يأتي لأنه كان ممنوع من التردد على قصر الجنات.

عندما لم يأت قررت أن ترسل إليه الخبر مع جاريتها الأمينة شمردل التي توجهت إليه في قصر اللؤلؤة وأخبرته بالخبر السعيد وقالت:

مولاي

الأمير دهان:

ما الذي جاء بك إلى هنا يا شمردل، ولما مولاتك تصر
على مقابلتي

الجارية شمردل:

مولاي أنا أحمل لك البشارة

الأمير دهان:

بشارة بماذا؟

الجارية شمردل:

مولاي إنه خبر سعيد وسوف يجعلك تشعر بسعادة
عارمة لم يسبق أن اختبرت ذلك الإحساس..

صدقني..

الأمير دهان:

ما الأمر؟ أخبريني لقد أثرت فضولي

الجارية شمردل:

مولاي ألم يمر على زواجك سنة بالكامل

الأمير دهان:

لما تتحدثين عن زواجي؟

الجارية شمردل:

مولاي كل زواج يثمر بأطفال

الأمير دهان:

قولي ما لديك أو انصرفي

الجارية شمردل:

إعذرني يا مولاي أنا لست أتجاوز حدودي ولكن الأمر
متعلق بما أقوله

الأمير دهان:

ماذا إذن؟

الجارية شمردل:

مولاي.. مولاتي حامل

الأمير دهان:

من مولاتك؟

الجارية شمردل:

مولاتي الخليلة ألحان حامل

الأمير دهان:

ما الذي تقولينه؟

الجارية شمردل:

مولاي أنت سوف تصبح أبا

الأمير دهان:

هل أنت متأكدة؟

الجارية شمردل:

أجل مولاي

الأمير دهان:

هل عاينها الطبيب؟

الجارية شمردل:

أجل مولاي.. مولاتي حامل منذ أربعة أشهر
وأسبوعين

سر الأمير دهان وفرح بالخبر كثيرا، فهرع إلى قصر الجنات وهو سعيد بما سمعه.

بارك للخليلة ألحان وأمر بقدوم الطبيب الذي أكد الأمر، وهكذا أراد الأمير دهان أن يزف الأمر إلى القصر الملكي وفي كل أرجاء المملكة.

لقد كان سعيدا جدا لأنه لم يعد هناك سبب لأن يظن بأنه لن يرزق بأطفال أو أنه عقيم، لأنه قد مر على زواجه سنة ولم تستطع أن تنجب له الزوجة طفلا.

أمر الأمير دهان بإقامة الحفلات تعبيرا على سعادته بالمناسبة السعيدة، ولكن سعادته وسعادة الخليلة ألحان لم تكلل بما كانوا يبحثون عنه.

لم يعترف له القصر الملكي بالطفل ولم يسمح بزواج الأمير دهان بالخليلة ألحان، بل بقي الحال على حاله.

ثار الأمير دهان كثيرا على القصر الملكي الذي طلب منه أن يستمر في زواجه وأن يحترم زوجته ولكن الأمير دهان لم يكن ليحترم زوجة لا تحترمه، وقد كانت شديدة الارتياب كثيرة النقاش بحدة وأيضا مزعجة بالنسبة له، متكبرة ومتعجرفة بلا سبب.

وبعد مرور بعض الأشهر أنجبت الخليلة ألحان ابنها الأول وهو طفل ذكر ولكنه لم يتحصل على لقب الأمير ولا على لقب النبيل.

عانى الأمير دهان كثيرا بسبب أوامر القصر الملكي وكرد فعل معاكس قرر أن يتزوج امرأة أخرى

لكي لا تشعر الزوجة الأولى بأنها قد تغلبت عليه، وقد كانت تظهر له مشاعرها السلبية بكل غرور وكأن القصر الملكي في صفها وليس في صفه هو.

كان لدى الأمير دهان مبرر للزواج من امرأة ثانية لأن زوجته لم تنجب له أولا ولأن القصر الملكي لم يسمح له بالزواج بخليلته والدة ابنه الوحيد.

بعد أن سمح له القصر الملكي بالزواج طلب منهم أن يتزوج أميرة هذه المرة وان تكون أكثر جمالا من زوجته الأولي لكي يكسر غرورها.

بالفعل بعد مرور فترة قصيرة تزوج الأمير دهان بأميرة جميلة أنجبت له ثلاث بنات ولم يرزق بالطفل الذكر.

تقاعد الجارية ألحان

ضاعت كل أحلام الخليلة ألحان التي أصبحت خليلة باللقب فقط فالأمير دهان لم يعد يتردد على القصر بتاتا لا من أجلها ولا من أجل ابنه.

عاشت ألحان مع خدمها وقد أعلنها في مقام الجارية الشريفة لأنها أم طفله، وطفله الوحيد في تلك

الفترة وقد سمح له القصر الملكي بأن يطلق عليها ذلك اللقب، ولكن لم يسمح له بإقامة علاقة معهما.

عاشت الجارية الشريفة ألحان كل حياتها في قصر الجنات مع طفلها الوحيد، وقد علمت بأنه سوف يبقى إلى الأبد طفلها الوحيد بعد أن تزوج الأمير دهان بامرأة أخرى.

لكنها بعد أن حصلت على لقب الجارية الشريفة أصبحت سيدة من الشرفاء وسيدة على كل القصر ولها الحق في فعل أي شيء هناك أو إعطاء أي أمر ومهما كان.

لم يعد يناسب سيدة شريفة أن تواصل الغناء لذا فقد توقفت الخليلة ألحان عن الغناء نهائيا لأنها لم تعد جارية، بل أصبحت أم ابن الأمير وإن لم يعترف به القصر ولكنها حقيقة لا يمكن نكرانها.

مرت السنوات والحال ثابت على حال، الأمير بين زوجتين إحداهما لم تنجب والأخرى أنجبت ثلاث

بنات، والجارية الشريفة تعيش في قصرها مع ابنها الوحيد والأمير دهان لا يزورهم أبدا.

كبر ابن الأمير دهان وأصبح رجلا قويا يتمتع بالقوة والشجاعة والإقدام، كما أنه قد تعلم المهارات القتالية، وأصبح فيما بعد قائدا للجيش رغم أنه لم يتحصل على لقب أمير، إلا أنه كان شجاعا ونبيلا بأخلاقه.

عندما أصبح ابن الجارية الشريفة رجلا في سن الزواج عشقته المثير من الفتيات حتى أميرة وقعت في حبه، ومن حسن الحظ انه في تلك الفترة كانت الظروف قد تغيرت ولم تعد القوانين صارمة لدرجة التفريق بين قلبين وهذا ما سمح له بأن تزوج أميرته وتحصل على لقب النبيل بذلك الزواج.

Sommaire